너를 만나고
엄마는
매일 자라고 있어

KB194947

너를 만나고
엄마는
매일 자라고 있어

김진형·이현주 지음

학부모가
된다는 것

수카

"엄마는 회사 잘 다녀올게.
너는 학교 수업 잘 들어~"

아침마다 우리는 이렇게 인사를 한다.
아이만 집에 두고 출근하는 걸 미안해하던 시절을 지나
이제는 아이도 나처럼 집이 아닌 다른 곳에 소속된 것이다.

학생이라는 새로운 신분을 획득한 아이는
사제지간이라는 낯선 관계와 학습이라는 의무를 마주한다.
서른 명에 가까운 동갑 친구를 한꺼번에 만나는 것도 처음일 것이고,
교실이라는 네모난 공간 안에서 몇 시간을 앉아 있는 일도
처음일 것이다.

때로는 재미있겠지만 때로는 답답할 것이고
때로는 가고 싶겠지만 때로는 가기 싫을 것이다.
하기 싫어도 해야만 하는 것의 부담감을 다루는 방법과
그것들을 견뎌낸 후 찾아오는 성취감도 알게 되겠지.

사회생활을 처음 시작하는 아이를 어떻게 도와줘야 할까
많이 고민했지만,
사회생활이란 부모인 우리에게도 여전히 어려운 것이어서
같이 헤매며 겨우 앞으로 나아갔던 것 같다.
오히려 아이가 우리를 더 많이 도와주었을지 모른다.
혼자서 준비물을 챙기고, 먼저 알림장을 보여주고,
돌봄 교실도 잘 다니고.
친구 같은 부모가 되고 싶었는데
아이가 먼저 친구 같은 딸이 되어주었다.

그렇게 아이와 함께 헤쳐나간 시간들,
그 하루들을 모아 또 한 권의 책을 만들었다.
언젠가 우리와 같은 시간을 통과하게 될
모든 분들에게 소소한 도움이 되길 바라면서.

○   차례

part 2.
매일 사랑한다고 말하는
나의 아이에게

part 3.
그래도 우리,
같이 할 수 있는 건 계속 같이 하자

part 1

네가 자라난 만큼
엄마는 얼마나 자랐을까

○ 추첨의 계절

일곱 살의 겨울,
나는 중대한 선택의 기로에
서 있다고 생각했다.

사립 초등학교에 보낼 것인가,
공립 초등학교에 보낼 것인가.

사립이 방과 후 수업이 잘되어 있어서
워킹맘에게 편하다더라.
공립은 너무 일찍 끝나서
하교하면 아이가 갈 곳이 없다더라.
그런데 사립은 영어를
미리 배우고 가야 안 힘들다더라.
공립은 시험이 별로 없어서
오히려 편하다더라.

이런저런 카더라에 휘둘리며
동네 엄마에게도 물어보고
선배 언니에게도 물어보고
밤마다 남편과 열심히 토론해보았다.

그런데 그렇게 고민할 필요가
없었다는 걸 뒤늦게 알았다.

한참을 고민해서 선택하고
공들여 원서를 쓴 그 학교에
우리는 똑 떨어지고 말았으니까.

워킹맘의 가장 큰 고비가
초등학교 입학이라고 해서
워킹맘을 위한 최고의 학교라는 곳에
원서를 넣었는데
너무 인기 있는 곳이라
경쟁률이 높았던 것이다.

떨어졌다.

하..경쟁률이
8:1이래니...

여보! 됐어!!
됐어~!

고민한다고 추첨되는 것도 아니었고
추첨된 후에 고민해도 되는 거였다.
추첨을 통과해야만
일단 갈 수가 있으니까 말이다.
영어든 방과 후 수업이든
그 후에 고민해도 될 일이었다.

아이고...
그동안 시간
아까워라...

내 마음대로
되는 것도
아니고...

선택할 수 없는 일을
왜 선택할 수 있는 것처럼
고민했는지 모르겠다.

엄마가 된 후로는
생각해야 할 것들이 너무 많아져서
습관적으로 고민에 빠지게 된다.
하지만 아무리 고민해도
달라질 수 없는 문제라면
고민할 필요가 없다.

그 힘을 아껴서
바꿀 수 있는 다른 일들에
쓸 수 있도록.

○　　　엄마가 준비해줘야 할 것

아이가 유치원을 졸업했다.
그리고 나의 고민도 시작되었다.
곧 학교에 가는 아이에게
무엇을 준비해줘야 할까.

책상을 사고 실내화를 사고 가방을 사고
사야 할 것들의 리스트를 만들었다가,
받아쓰기? 파닉스? 덧셈 뺄셈?
예습을 시켜야 하나? 머리가 아팠다.

그러다 우연히 인터넷에서
선배 맘의 글을 읽게 되었다.

엄마가 정말 준비해줘야 할 건
국영수가 아니에요.
혼자서 화장실에 다녀오기
친구를 때리거나 욕하지 않기
선생님 말씀에 잘 대답하기
돌아다니지 않고 식사하기
자기 생각을 똑바로 말하기
친구 물건 들고 오지 않기 등
학교생활을 즐겁게 하기 위한 준비가 중요하답니다.

그렇지. 학교는 생활인데,
선생님, 친구들과 하루의 반을
함께 생활하는 곳인데
왜 공부만을 생각했을까.

국영수를 잘하는 것만이
행복한 학교생활을 보장해주는 건
아닌데.

어쩌면 엄마가 정말 준비해줘야 하는 건
좋은 친구가 되는 방법 같은 게 아닐까.

학교는 아이의 사회생활이니까.

○　입학식

이름표를 달고
'국기에 대한 경례'를 하는 아이를
많이 컸다 하고 쳐다보다가

눈물이 났다.

걷지도 못하더니
저렇게 우뚝 서 있고

눈도 잘 못 뜨더니
초롱초롱 눈을 반짝이고

옹알옹알 말도 못 하던 아이가
저렇게 우렁차게 대답을 한다.

땅속에 묻혀 보이지 않던 씨앗이
새싹이 되어 언 땅을 뚫고 올라오듯

못 걸을 것 같아도
결국은 걷게 되고

느린 것 같아도
말문이 트이고

불가능해 보여도
한글을 깨친다.

돌아보니 나처럼 훌쩍이는
엄마들이 여럿 보였다.

그러나
그동안 고민했던 많은 문제를
결국 시간이 해결해주었다.

시간이 지나니까
잠도 잘 자고, 밥도 잘 먹고,
기저귀도 떼고, 한글도 뗐다.
시간이 지나니까
앉고, 서고, 걷고, 뛰고,
혼자서도 잘 논다.

아이들은 자기만의 시간을 가지고
저마다의 속도로 자라나고 있는데

제자리에 멈춰 있는 어른들이
오히려 불안해하고 걱정하는 건
아닌지 모르겠다.

○   사회생활의 시작

학교에 들어간 아이는
유치원과 다르게 단체생활을 배우고
엄격한 규칙들에
자기를 맞추기 시작한다.

지각은 더 이상 허락되지 않고
혼자 화장실도 가야 하고
똥도 잘 닦아야 한다.
급식이 나오면 시간에 맞춰
남기지 않고 먹어야 하기 때문에
떠먹여주면 편히 받아먹던
습관은 빨리 버리고
스스로 먹는 습관을 익혀야 한다.

아이를 키우는 방식도,
엄마의 고민들도,
그전과는 많이 달라진다.

친구와 잘 지내는 방법이나
올바른 생활 태도를 교육하는 건
가나다라를 가르쳐주는 것보다
쉽지가 않다.

나의 사회생활과 겹치는 것도 많다.
예를 들면, 회의 시간이 답답해도
쉽게 나갈 수 없는 것처럼
수업 시간이 아무리 답답해도
아이는 교실을 나갈 수 없다.

또한 잘 맞지 않는 사람과
같은 공간에서 지내는 법,
나를 괴롭히는 이에게 대처하는 법처럼
내게도 여전히 어려운 문제들을
아이가 물어보기 시작한다.

그렇다고 내가 학교 다닐 때 썼던 방법들을
그대로 알려줄 수도 없다.

일단 나와 아이의
성향이 많이 다르니까.

새롭게 주어지는 '학부모'라는 역할.
안 어울리는 옷처럼 꺼끌거리는 이 역할을
과연 잘 해낼 수 있을까….

나는 또 지레 겁먹기 시작한다.

"수업 시간에는 종 칠 때까지
가만히 앉아 있어야 해."

"진짜? 한 번도 일어나면 안 돼?"

"어, 안 돼."

"그럼 쉬 마려우면 어떻게 해?"

"그럼 선생님께 이야기해야지."

○　엄마, 학생이 되다

처음 가본 아이의 교실.
엄마들은 자기 아이의 자리에 가서
앉아야 했다.

조그만 아이들의 책상에
몸을 구겨 넣은 부모들의 모습이 매우 인상적 ;
아이 이름표를 엄마 가슴에 붙인 채
인사하는 것도 인상적 ;

안녕하세요! 김OO 엄마 이현주입니다, 라고
앞에 꼭 아이 이름을 붙이는 것도
왠지 귀여웠다.

30년 만에 처음으로
초등학교 운동장이라는 곳을 걸어보았다.
아이가 아니었다면 오지 않았을
이곳에 있는 내가 어색하게 느껴졌다.

그리고 아이의 담임 선생님 앞에서
급 다소곳해지는 나의 태도도 어색했다.
내 실수로 선생님께 솔이가 안 좋은 이미지로 자리 잡을까 봐
학창 시절의 나보다도 훨씬 모범적인 연출을 하느라
목덜미가 뻐근해질 지경이었다.

예전에 비하면 참 쾌적한
교실과 운동장이었지만
그래도 학교라는 곳이 주는
중압감은 그대로여서

이제 나는 학교를
안 다녀도 된다는 사실에
한 번 더 안심했다.

아이의 사물함도 열어보고,
삐뚤빼뚤 공책에 눌러 쓴 흔적들도 읽어보고,
교실 뒤에 붙어 있는 아이의 그림도 핸드폰에 담았다.
짝사랑하는 누군가를 몰래 훔쳐보듯
처음 시작하는 아이의 학교생활을
조각조각 끼워 맞춰보았다.

이윽고 녹색 어머니, 급식 지도 등
학부모 활동 지원자를 뽑는 시간이 왔고
회사에 다니는 타임푸어 엄마는
고개를 잠시 숙이고 그 자리에 없는 척을 했다;

그렇게 하루 연차를 내고
엄마는 잠시 학생 모드로 돌아가보았더란다.

아, 옛날 생각나네.

○   엄마가 지각하면 아이도 지각한다

학교를 다니는 동안
나에게 가장 어려운 건 지각하지 않는 것이었다.

출퇴근이 자유로운 회사에 다니기 때문에
(야근이 많은 회사의 특징;;)
회사에서는 그런 스트레스가 적었는데,
아이가 학교에 들어가자마자
나는 다시 제시간에 교문을 통과하기 위해
고군분투해야만 했다.

이 느려터진 엄마 때문에
학기 초에 계속 지각하게 된 아이가 말했다.

"엄마, 어떡해! 또 지각이야!"
"괜찮아, 좀 지각해도."
"아니야, 난 지각하기 싫어."

아이의 말에 너무 미안해졌다.
지각이 별일 아니라고 생각한대도 그건 내 입장일 뿐

아이는 전혀 다를 수 있는데 그걸 간과한 것이다.

엄마가 지각하면 아이도 지각을 한다.
엄마가 대충 입히면 아이도 대충 입게 되고
엄마가 아침을 거르면 아이도 아침을 거르게 된다.

아직은 스스로 학교 갈 준비를 할 수 없는
나이이기 때문에
자기가 빨리 가고 싶어도 어쩔 수가 없는 것이다.

그동안 얼마나 답답했을까…….
내가 괜찮았대도 너에게도 괜찮은 건 아닌데.

그래, 엄마가 일찍 일어날게.

야행성인 내가
학창 시절 가장 지키기 어려웠던 건…
지각하지 않는 것이었다.

한동안 잊고 살았는데…

아이가 학교에 들어가자
나는 다시
지각하기 시작했다.

내가 늦잠을 자면
아이도 늦게 일어나고

내가 아침밥을 못 먹으면
아이도 아침밥을 못 먹고

내가 꾸며주지 못하면
대충 입는 아이가 된다.

아이는 대충 입기 싫어도
아이는 지각하기 싫어도

아직은 혼자서 할 수 없는 나이라서
내가 해주는 대로
아이의 모습이 되어버리고 만다.

지각한 건 엄마인데
혼나는 건 아이.

서툴기만 한 우리는
아이도, 엄마도,

1학년.

○　　　선생님과의 대화

학부모가 '엄마'라는 법은 없는데
왜 아빠들은 거의 보이지 않는지.

학부모 상담 시간이 저녁인 경우는 거의 없다.
따라서 직장에 다니는 엄마들은 휴가를 내야 한다.
학부모 총회 때 이미 휴가를 냈는데
학기 초에만 연차를 여러 번 쓰려니 눈치가 보인다.
회사도 연초에 일들이 몰려 있으니까.

전화 상담으로 바꾸려고 하다가
그래도 다른 엄마들은 선생님과 얼굴 보고 인사하는데
우리 애만 소외될까 봐 걱정이 되었다.

다행히 회사가 학교와 가까워
점심시간에 짬을 내서 다녀올 수 있었다.
점심을 거르고 택시를 타고 학교에 갔다가
김밥 한 줄을 사서 사무실에 돌아왔다.

1학기 상담에서 들을 수 있는 말은 사실 많지 않다.

선생님도 아이를 만난 지 얼마 되지 않기 때문에
주로 엄마가 고민과 걱정을 말하면
선생님은 듣는 편이다.

"걱정하실 필요 없어요."
"잘 지내고 있어요."
"엄마가 걱정이 너무 많으신 것 같아요."

학부모 상담을 하러 갔다가
내 마음 상담을 하고 돌아온 기분이 드는 이유는 뭐지?
워킹맘이 키운 티가 날까 봐, 외동아이 티가 날까 봐
너무 걱정이 많았던 것 같다.

그래도 생각보다 아이는
씩씩하게 학교에 잘 적응하고 있단다.
고맙고 다행이다.

가야 한다.
무조건 가야 하는 것이다….

○   조율

집에서 일하는 엄마도
일하는 건데,
워킹맘이 아닌 엄마가
어디 있으랴.

회사에 다녀도
매일 유치원에
데려다주고
최선을 다해 키우는데,
육아 대디가 아닌
아빠가 어디 있으랴.

엄마든 아빠든
회사에 다니든 집에 있든

우리는 모두 각자에게 주어진
삶의 숙제들 사이에서 살아간다.

육아와 가사, 회사 일과 집안 대소사,
나만의 시간을 갖고 싶은 마음과
저 멀리 처박아놓은 오래전 취미까지,
그 모든 숙제들을 다 할 순 없으니
비중을 정하고 조율을 해간다.

내가 생각하는 좋은 사회생활이란
그 모든 것 안에서 나만의 균형,
내가 가장 편안하게 느끼는
균형을 찾아내는 것이다.

육아에 비중을 많이 둘 수밖에
없는 시기도 있고,

회사 생활에 집중할 수밖에
없는 시기도 있고,

나라는 사람을 돌보는 게
더 필요한 시기도 있다.

아이가 학교에 들어가고 난 후,
이전과는 다른 종류의
줄타기가 시작되었다.

아슬아슬하게 잡아놓은
균형을 뒤로한 채

또다시 새로운 비율을
찾아야 하는 것이다.

또 걱정되기 시작한다.
잘할 수 있을까.

잘하든 못하든
안 할 수는 없는 일이니까
일단 해보는 거지 뭐.

○　　아빠가 데려다주는 아이

아직은 혼자 학교까지 걸어가기에 많이 어린 아이.
손을 맞잡고 아침마다 데려다주고 싶지만
오전에 회의라도 잡히면 그마저도 어렵다.

대부분의 아이들은 엄마가 데려다줘서
아이는 아빠가 데려다주는 걸 다소 부끄러워했다.
"엄마가 데려다줘" 하고 떼쓰는 아이와
"아빠가 뭐가 어때서?" 하고 섭섭해하는 아빠.

나는 말했다.

"아빠가 데려다주는 게 더 멋있고 유니크한 거야.
다른 사람들하고 똑같은 게 좋아?"

"응. 똑같은 게 좋아. 다른 애들처럼 엄마랑 갈래."

단호한 아이를 보면 할 말이 없어진다.
그래도 어쩌겠니, 엄마가 바쁘면 아빠랑 가야지.

그렇게 매일 딸을 데려다주게 된 아빠는
교문 앞으로 걸어가는 딸의 뒷모습이,
아직은 커다란 가방이 어색한 작은 어깨가
애처롭고 안쓰럽다 한다.

아직은 혼자 학교까지 걸어가기엔
어린 아이.

교문 안으로 사라지는
너의 모습이,

책가방을 메기엔
어깨가 너무 작아서인지

저 쪼그만게
학교 생활이라니...

학교라는 울타리 안의 생활에
잘 적응할지 걱정이 돼서인지

혼자 교문을 지나
걸어 들어가는 너의 모습을
보고 또 바라보았다.

네 모습이 사라지고 나서도
한참을.

○　　주말 미션

아이와 놀아줄 수 있는 주말이 오면,
나는 반 친구 만들어주기 미션에 돌입하곤 했다.

내일 주말인데
스케줄 있으세요?

자윤이엄마
안녕하세요!

돌봄 교실에는
모르는 언니 오빠들이
많아서 어색해...

아이가 친구 사귀는 일이 어렵다며
속상해했기 때문이다.

엄마가 데리러 가는 아이는
엄마들끼리 만나 같이 걸어오기 때문에
아이들끼리도 자연스럽게 친해지고
놀이터나 서로의 집에서 같이 놀면서
사이가 더 돈독해진다.

하지만 솔이는
다른 아이들이 하교하는 시간에 돌봄 교실로 가야 하고,
같은 반 친구와 친해져서
놀이터에서 만나자고 약속을 한다고 해도

전화를 하거나
혼자서 약속 장소에 갈 수 없기 때문에
친구들과 놀 기회를 놓칠 수밖에 없었다.

그래서 주말에라도
아이가 친해지고 싶어 하는 친구가 있으면
친구 엄마에게 먼저 전화해서 우리 집에 초대하곤 했다.

그렇지만 대부분 주말엔 가족 스케줄이 있기 때문에
우리 집에 올 수 있는 아이는 많지 않았다.

올 수 있다고 답하는 아이는
나처럼 친구를 만들어주려고 노력하는
또 다른 워킹맘의 아이였다.

봄볕이 좋았던 토요일.
두 아이는 놀이터에서 만나
한을 풀듯 놀았고,

두 워킹맘은 짠한 마음으로
그 모습을 지켜보았다.

1학년 1학기의
주말은

그렇게 아이들과의
만남 주선으로 채워졌다.

"어? 이상하다⋯ 여기서 만나기로 했는데⋯."

"언제로 약속했는데? 몇 시? 무슨 요일?"

"저녁에 로켓 놀이터에서 만나기로 했어."

"토요일이라든가, 6시라든가, 그런 걸 정해야지.
뭐⋯ 아직 시계도 못 보는구나;;"

그렇게 엄마와 아이는 친구를 기다리다
둘이서 놀았다고 한다.

○   엄마 참여 수업

"이름부터 바꿔야겠다.
아빠는 참여하면 안 되는 거 아니지?"

솔이 아빠는 딸의 학교 수업을,
정확히 말해, 교실에 앉아 있는 귀여운 딸의 모습을
보고 싶은 강한 열망을 드러냈다.

그러나 엄마들 사이에서 아빠가 반갑게 손을 흔들자
아이는 부끄러운지 급히 고개를 돌렸다;;

1학년의 수업이란 생각보다 시끄러웠다.
아직 어린 아이들은 자리에 오래 앉아 있는 일부터가 익숙하지 않아서
선생님께서 말하시는 중에도 돌아다니기 일쑤였다.

화장실에 가겠다며 나가는 아이,
친구 자리로 걸어가 말 시키는 아이,
사물함에 가서 뭔가 꺼내 오는 아이,
지켜보는 나도 정신이 없는데 선생님은 얼마나 정신없을까.

게다가 우리 애도 생각보다 딴짓을 많이 한다.
앗, 부끄럽다! 너무 큰 소리로 떠들고 있다.

한 명씩 나와서 발표를 하는 시간.
아이들의 얼굴과 이름을 매치하는 시간이다.
아, 저 아이가 민솔이한테 그림을 그려줬던 아이구나.
저 아이는 민솔이보고 솔방울이라고 놀렸던 아이고
아, 쟤가 달리기 잘한다는…
하면서 열심히 기억을 떠올렸다.

잠시 후 솔이의 차례.
아니, 아까 분명히 시끄럽게 떠든 녀석이,
집에서는 쩌렁쩌렁하게 소리치던 녀석이
목소리가 개미만 하다.
몸을 배배 튼다.

그렇게 우리는
몰랐던 아이의 모습을 발견하고 돌아왔다.

* '엄마 참여 수업'은 현재 '학부모 공개 수업'으로 이름이 바뀌었습니다.

몰랐던 아이의 모습.
이렇게 성장했구나.

○ 　　네 안에 자신감이 자라나기를

그럼 사람들 앞에
엄마가 있다고
생각하고...

엄마를 보면서
노래 불러볼래?

지금..?

벌떡~

요즘 아이의 고민은 목소리가 작아지는 것.
학교에서 발표 수업이 많아지자 괴로운가 보다.

사회생활이라는 건 내 편일 수도 아닐 수도 있는
불특정 다수 앞에 자신을 드러내야 하는 일이다.

나도 여전히 떨리고 겁나는데
아이는 얼마나 무서울까.

엄마가 해줄 수 있는 건,
몇 번이고 들어주고
몇 번이고 박수 쳐주는 일밖에 없는 것 같다.

아이 안에
자신감이 자라나길 기도하면서.

○   자꾸 혼자 두어 미안해

초등학교 1학년의 하교 시간은 생각보다 빨랐다.
4시까지는 마음을 놓을 수 있던 유치원과 달리
초등학교는 점심때쯤 끝나서
일하는 엄마 입장에서는 꽤 당황스러웠지만,

아니, 왜 이렇게
빨리 끝나는 거야.

학원을 더
빽빽이를
할 수도 없고..

자연과학,
이 수업 어때?

응, 그것도
할래, 할래~

방과 후
수업중네..

다행히
'방과 후 돌봄 교실'이라는 게
있어서 신청할 수 있었다.

돌봄 교실은 1, 2학년이 함께
교실에 머무르는 형태로
교사 한 명이 돌보는 아이들은
20명이 좀 안 된다.

교실에는
아이들이 좋아하는 그림책도 있고
보드게임과 장난감도 있어서
유치원과 비슷한 느낌이 든다.

아이 상황에 따라
저녁까지 있을 수도 있고
학원에 가면
중간에 3~4시쯤 나올 수도 있다.
게다가 열정적인 돌봄 선생님들은
학교 숙제까지도 봐주신다.

그렇지만 대체로
5시쯤 끝나기 때문에
퇴근까지 아이를
맡기기는 어렵다.

집에 늦게 가는 아이들을 위한
7시 교실이 있지만,
친구들이 모두 돌아가고 홀로
7시 교실로 이동하는 아이의 기분을 생각한다면
5시 전에 데리러 갈 수밖에 없다.

그래서 결국 이모님이나
할머니의 손을 빌리기로 했다.

돌봄 교실을 보내기로 결정한 후에도
나의 걱정은 계속되었다.

노파심에 하교 후에 바로
할머니 집으로 가라고도 했지만,
아이는 집에 가도 같이 놀 친구가 없으니까
돌봄 교실이 더 좋단다.
친구도 장난감도 읽을 책도 많다고.

슬퍼하거나 외로워할까 봐 걱정했는데,
좋다니 다행이다.

언제 이렇게 철이 든 건지.

○ 　 오래된 문방구

아침에 아이와 학교에 가다 보면
내가 어린 시절에도 있었을 법한 오래된 외관의 문방구가 있다.
입학하는 아이들과 졸업하는 아이들을
화석처럼 한자리에서 오래도록 지켜봤을 것 같은 주인 할머니와
무질서한 형태로 잔뜩 쌓여 있는 문구용품들이
무심하게 반겨주는 그런 곳이다.
지나갈 때마다 아이가 들어가보고 싶다고 졸랐지만
늘 수업 시작 직전에 급히 달려가는 통에 갈 기회를 잡기 어려웠다.

그러다가 모처럼 일찍 등교하던 날 아침,

우리는 마침내 문방구 문을 열었다.

아이는 학교에 가야 한다는 사실을 잊은 듯 쇼핑에 몰입했고

몇 번을 들었다 났다 하더니 지우개 하나와 샤프심을 골랐다.

나는 비싸지만 사준다며 생색을 냈다.

쉽게 사주면 소중한 줄 모를 수도 있을 테니까.

소중한 보물을 얻은 것처럼 폴짝폴짝 뛰는 아이를 보니

이것이야말로 진짜 천 원의 행복이구나 싶었다.

이렇게 단순한 것에 행복해하는구나.

나도 그랬었는데, 볼펜 하나에도 기분이 좋아졌는데,

최근에는 이런 종류의 기쁨을 느껴본 적이 거의 없었던 것 같다.

그렇다. 우리를 행복하게 만드는 것은

엄청나게 멋지고 커다란 것이 아니라

이렇게 생활 곳곳에 자리 잡은 소소한 기쁨들이다.

아이처럼 작은 것에 행복해질 수 있다면

매일 반복되는 일상 속에서도 행복을 찾을 수 있을 텐데….

오후 1시쯤이 되면 초등학교 앞은
아이를 데리러 온 엄마들로 가득 찬다.

"오늘 어땠어?
잘 놀았어?
수업은 어렵지 않았어?"

아직 유치원생 티를 벗지
못한 아이가 안쓰러워서
엄마들은 가방도 들어주고
중간에 문방구에 들러
준비물도 사주고

같이 마트에 가서
먹고 싶다는 간식도 사주고

학교 담장에 피어난
봄꽃을 같이 쳐다보며
장난도 칠 것이다.

그러다 같은 반 친구 아이를 만나고
아이 엄마와 인사도 나누고
중간 지점에 있는 놀이터에 같이 들르기도 하면서
몰랐던 학교생활 이야기를 전해 듣겠지.

사무실에 앉아
창밖을 바라보며

아이에게 해줄 수 없는
일들을 상상해본다.

나도 마중 나가고 싶은데….

맑은 햇살이 비추는
봄날의 오후를 같이 걷고

동네 놀이터 벤치에 앉아
도란도란 이야기도 나누고 싶은데….

그런 일상을 만들어주지 못해서 미안하다.

누군가에겐

너무나 당연하고 뻔한 일상을

내 아이는 누릴 수 없는 일로

만들어버려서….

○   엄마의 엄마

친정 엄마에게 맡겨서 좋겠어요,
라고 사람들은 말했다.

아무렇지 않은 듯 아이를 맡기고 있지만
사실 마음이 너무 무겁다.
평생 아이 셋을 키우시고
할머니까지 모시면서
자기 생활 없이 살아온 친정 엄마의 삶을
너무 잘 알기 때문이다.

용돈을 두둑이 드린다고 하더라도
엄마의 시간이
또다시 육아와 가사 노동으로만 채워지는 게
안타깝고 죄스럽게 느껴졌다.

그래서 늘 머리가 아팠다.
모두가 잠든 밤에 혼자 끙끙대며 고민했다.
퇴근이 일정치 않은 직업이라 어디 맡기기도 어렵고,
주말에도 출근하니 입주 아줌마로도 어려운 상황.

일을 그만둘지 말지 늘 고민하면서 아침을 맞았다.

어느 날 엄마가 말씀하셨다.

"네가 어릴 때는 동생들이 있어서 많이 안아주지 못했는데,
네 딸을 키워보니 세 살에도 네 살에도
안아줘야 하고 업어줘야 한다는 걸 뒤늦게 알았어.
널 못 안아준 만큼 네 딸을 안아줄게. 미안하다."

미안하단 말씀을 잘 안 하시는 편인데,
엄마도 연세가 드시긴 했나 보다.

나이가 드셨다는 건 남은 시간이 많지 않다는 걸 의미한다.
그날 나는 결심했다.
너무 오래 엄마를 잡아두지 말아야겠다고.

나를 안아준 품으로
나의 딸을 안아준다.

나에게 해준 요리를
나의 딸에게 해주고

나를 씻긴 손으로
나의 딸을 씻기며

나를 재운 노래로
나의 딸을 재운다.

나를 키워준 엄마가
그렇게 나의 딸을 키워주고 있다.

내가 채우지 못한
시간을 지켜보고

내가 챙기지 못한
마음을 달래주고

내가 몰랐던
아이의 취향을 읽어주면서

그렇게 예뻤던 나의 엄마가…

할머니가 되어 있다.

내 아이가 자라는 것도
하루하루 내가 살아가는 것도

모두 당신이 있기에 가능한 일.

고맙다는 말을 못 하는 건
고맙다는 말로는
너무나 부족하기 때문.

○   엄마의 아침

언젠가부터
집에서 가장 일찍 일어나는
사람이 되었다.

언젠가부터
옷을 대충 입는 사람이
되어버렸다.

언젠가부터
밥 먹을 시간이
없는 사람이 되었다.

언젠가부터
화장을 안 하고 다니는
사람이 되어 있었다.

아이를 깨우고
아이를 입히고
아이를 먹이다 보면

엄마의 아침은
없어져버리니까.

"선배는 원래 화장 안 하지 않아요?"
라는 후배의 말에 대뜸 놀라서 거울을 바라보니,
아, 그렇게 생각할 만하구나 싶었다.

아이를 낳기 전에는
나도 꾸미는 걸 좋아하는 편이었는데,
이제는 예전에 사놓은 귀걸이들이
어디 있는지조차 모르고
심지어 귀를 뚫었다는 사실도
남이 알려줘서 깨달았다.

나도 말이지,
나를 돌보고 싶다고….

○　좋아하는 남자애

어떤 남자애랑 짝꿍이 되었다고
그 아이 이야기를 자주 한다.
운동도 잘하고 공부도 잘하고 똑똑하단다.

"너 걔 좋아하지?"라고 물어보니
얼굴이 시뻘게져서 아니라고 화를 낸다.

아, 내가 잘못했나?

누군가에 대한 이야기를
자주 한다는 건,

좋아하고 있다는 것.

그렇게 아빠의 본격적인 질투가
시작되었다고 한다.

○   오늘 학교 어땠어?

"오늘 학교 어땠어?"
퇴근하고 물어보면
아이는 대체로 "그냥 그랬어"라고 대답했다.

그래서 그냥 보통의 하루들을 보내고 있는 줄 알았다.
나중에 알고 보니,
"그냥 그랬어"는 잘 기억나지 않는다는 뜻이었다.

답답한 일이 있었어도,
기쁘고 좋은 일이 있었어도,
학교가 끝난 직후 교문을 달려 나오는
그 순간 말하지 못하면
아이는 까먹어버리는 것 같다.

아이가 말하고 싶은 타이밍과
엄마가 들어줄 수 있는 타이밍이 안 맞는 것이다.

엄마가 "오늘 학교 어땠어?"라고 물어보는 밤에는
아이가 대체로 졸리고 피곤한 상태니까
"그냥 그랬어" 하고 대답해버리는 것 아닐까.

엄마를 만나는 밤이 될 때까지 기억하기엔
아직은 많이 어리니까.

대화할 타이밍이
오늘도 맞지 않았다.

◯   남과 여

3년간 유치원에 같이 다닌 남자아이가 있다.
바로 아랫집이라서 엄마끼리도 친하다.
그런데 갑자기 이 녀석들이,
넌 남자잖아, 넌 여자잖아 하면서 같이 안 놀더라.
불과 얼마 전까지도 같이 잘 놀더니만.

아이가 멀어지니 엄마끼리도 만날 일이 줄어든다.
난 아랫집 엄마가 좋은데, 더 자주 만나고 싶은데,
왜 갑자기 아이들끼리 내외를 하는 걸까….
남자아이와도 잘 놀아주면 안 되겠니?

지후 집에
초대할까?

지..후?
// 유치원 지후?

본인이
지후엄마랑
놀고싶음..

응..?
왜...

싫은데?
남자잖아!

왜에...
유치원 때 잘...
놀았잖아...

걘 이제 인형 놀이
같이 안 해,
재미 없어, 시시해~

나는 지후 엄마랑
놀고 싶은데….

"지후는 여자 친구 있어?"

고개를 도리도리 젓는 지후.

"왜 나 있잖아~"라며
배시시 나의 딸이 웃는다.

그러자 지후는
"으아아아앙 아니야아아아아"
하고 울어버렸다.

딸아,
무안해하지 마.
네가 싫어서가 아니라
부끄러워서 그런 걸 거야.

○ 방과 후 수업 1

창의력 미술, 생명과학, 바둑, 체스, 주산, 한자,
음악 줄넘기, 방송 댄스, 바이올린, 첼로, 독서 논술…
이것도 재밌겠지? 저것도 재밌겠지?
물어보는데 아무것도 하고 싶지 않단다.
왜, 해보지도 않고, 해보면 재미있을 거야,
라고 열심히 설득해보았지만,
아이는 정말 싫다고 하면서 화만 낸다.

아이는 낯선 것을 시도하려고 하지 않는다.
아이의 의사를 존중해야 하나 계속 고민하다가
억지로 신청해서 들어보게 했더니
엄청 좋아한다.

이게 뭐람.
괜히 고민했잖아.

음악 줄넘기는
어..때..

힝들어~
힝들어~

생각해서
이야기해줬더니.

이게 진짜..

다싫어~
다싫어~

그냥
창의력 미술해!!

학마..

으아앙~
싫어~
나한테 왜 그래~

그렇게 싫다고 싫다고 하더니
끝나고 와서는 너무 좋아하네.

누구 닮은 거냐….

○ 봄날의 숲으로 갑니다

여름방학이나 겨울방학에 여행을 가면
너무 붐비고 표도 없고 숙소 구하기도 어려워서

우리 가족은 늘
휴가철이 아닐 때 휴가를 떠났었다.

하지만 아이가 학교에 들어가자

왠지 학기 중에는 여행을 떠나면
안 될 것 같은 느낌이 들었다.

그런데 '현장 체험 학습 신청서'를 내면
학기 중에도 여행을 다녀올 수 있다는 걸 알게 되었다.

배움을 위한 여행을 계획한 적은 별로 없어서,
무얼 학습할 계획인지를 적느라
조금 오래 고민을 한 후

"자연을 느끼고, 봄날의 숲과 식물
그리고 곤충들을 관찰하러 갑니다"
라고 적어 냈다.

일단 떠나면
뭐든 관찰하게 될 테니까.

○   주인공은 너야

화요일엔 자유 놀이 시간이 있다고 한다.
아이들끼리 삼삼오오 모여서
자유롭게 논다는데

솔이네 반에선
엘사 놀이가 인기였다.

그런데 잘 놀던 아이들이
다투기 시작했단다.
서로 엘사를 맡겠다며
싸웠다고 한다.

그래, 누구나 주인공 역할을 맡고 싶겠지.

멋진 조연도 있다고,
주인공만 대단한 건 아니라고
이야기해줬지만,

결국… 아이들의 지속된 싸움에
선생님은 엘사 놀이 금지령을 내렸다고 한다.

배워나가야겠지.
늘 주인공이 될 수는 없다는 걸.

그래도 우리의 삶 속에서
주인공은 너야.

안나 뭐해!
빨리 안오고!

아직도
키가 크다
더 낮춰봐..

네..
엘사언니..

뒤뚱 뒤뚱

음.. 안나
덩치 크네..
치마도줄까

그래서…
엘사 놀이는 우리 집에서 계속되었다.

남자아이들은 모여서 축구를 한다.

여자아이들은 모여서 인라인스케이트를 탄다.

그런데 이미 다들 그룹이 짜여 있다.
바쁜 엄마가 스포츠 그룹을 짜는 시기를 놓쳐버려서

우리 아이는 끼지 못했다.

그리고 그룹을 짠 아이들끼리
이미 친해져 있단다;;

학기 초부터 친구를 만들어주려고
노력한 엄마들 덕분에
다른 아이들은 운동도 배우고
친구도 사귄다.

아, 다들 왜 이렇게 부지런한 거야;;

미안한 마음에
늦었지만 전화를 걸어본다.

주말에 시간 되는 엄마에게….

part 2

매일 사랑한다고 말하는
나의 아이에게

○　한글과 책 읽기

어떤 아이는 간판을 읽으면서 한글을 깨쳤다고 한다.

어떤 아이는 학습지를 풀면서,

또 어떤 아이는 놀이를 통해서,

다들 저마다의 방법으로

아이들은 문맹의 시간을 지나 글을 깨치게 된다.

우리 가족은 책을 이용했다.

주말이면 도서관에 가서 아이에게 빌리고 싶은 책을 고르게 했다.

장난감을 고르듯 알록달록한 책들을 골라 집에 가지고 오면

몇 번이고 읽어주었다.

사실 아이의 교육만을 위한 행동은 아니었고,

책이 가득한 곳에 가는 것을 좋아하는 내 취향을 반영한 외출이었다.

평일 내내 일에 치여 살다가

주말만큼은 쉬고 싶은데 아이와는 놀아줘야 하고,

복잡한 곳들에 갈 자신은 없고,

도서관은 주말의 다른 나들이 장소에 비해 한가한 편이었기 때문이다.

집 가까운 곳에는 용산 도서관이 있었다.
오래된 도서관이지만 어린이를 위한 책들이 잘 구비되어 있었고,
가끔은 책 읽어주는 수업이나 만들기 수업 같은 것도 무료로 진행되었다.
게다가 남산까지 산책할 수 있으니 얼마나 좋은가.

솔이는 과학 서적류보다는 세계 명작처럼 스토리 있는 책들을 좋아했다.
스토리가 있는 책들은 길었고, 계속 읽어주기에는 목이 너무 아팠다.
그래서 엄마 한 줄, 솔이 한 줄, 이렇게 번갈아 책을 읽어보자 하면서
한글 읽기를 시도했고,
점점 엄마 한 페이지, 솔이 한 페이지 하면서 늘려갔다.
그리고 CD를 들으면서 읽어나가기도 했다.
이것 역시 목이 너무 아파서였다.

그렇게 솔이는 한글을 뗐다.
도서관 외 다른 곳에 갈 에너지는 없고,
목이 아파서 책을 많이 읽어줄 수 없는 부모를 만난 덕분에.

한글도 공부하고
책 읽는 좋은 습관도 만들고
일석이조!

아빠 운동도 하고…
일석삼조….

○　　쉬운 일이 없네요

처음으로
도시락을 싸보았습니다.

새벽에 일어나 밥이랑 식초를 버무리고
야채를 썰고 계란을 부치고
소시지는 칼집을 내서 문어 모양으로 만들고

치즈로 눈알을 붙이고 김으로 눈동자를 넣고
과일도 깎아서 담아 넣고
과자와 음료수도 챙겨주었습니다.

처음 싼 김밥이 터져서
여러 번 만에 성공했고
생각보다 시간이 엄청 오래 걸렸고
막상 모양이 예쁘게 나오지도 않아서

그냥 사서 보낼걸 그랬나 했지만
아이는 정말 좋아했습니다.

도시락 하나에 이렇게 손이 많이 간다는 걸
이제야 알았습니다.

급식이 없던 시절,

나의 엄마가 아침마다
이만큼의 노력을 들여
도시락을 싸주었단 것도
이제야 알았습니다.

아이도 처음, 엄마도 처음인
1학년 생활.

참 쉬운 일이 없네요.

○ 소풍 가는 날 아침

아이를 데려다주고 회사에 가려는데
엄마들이 교문 앞에 모여 있었다.

아이들이 버스 타고 가는 걸
지켜볼 거라고 했다.

나도 왠지 같이 있어야 할 것 같아서
잠시 그 자리에 서서

회사에 지각하는 걸 무릅쓰고;;
버스가 나갈 때까지 기다렸다.

선생님 뒤를 병아리처럼 따라 버스에 올라탄 아이들은
올림픽에 출전하는 국가대표마냥
창문 밖을 바라보며 손을 흔들었다.

엄마들도 까치발을 들고
열심히 손을 흔들어주었다.

그중엔 아이가 창밖을 바라보지 않아
40분이나 서서 기다렸음에도
아이 얼굴을 못 보고
집에 간 엄마도 있었다.

이토록 아이를 챙기는 엄마들을 뒤로하고
회사를 향해 달리며 나는 생각했다.

소풍이 끝나고 돌아오는 아이들을
다들 마중 나간다고 하는데,
오후 3시라 내가 갈 수 있는 시간이 아니었다.

친정 엄마께 마중을
부탁드리면서
마음이 무거워졌다.

다들 엄마가 마중 나오는데 솔이가 자기만
할머니가 나왔다고 속상해하면 어쩌지.

그러다 생각했다.
아니야,
할 수 있는 데까지만 하자.

계속 해줄 수 없는 일이라면
헛된 기대를 품게 만드니까.

오늘
아침부터 고생했으니
캔맥 좀 사갈까나.

으쌰.

그리고 나 자신도 돌봐줘야지.
나 역시 너무 무리하면 결국 탈이 나버리니까.

○   방과 후 수업 2

방과 후 수업이 있어서 정말 다행이다.
학교가 끝나도 아이가 갈 곳이 없어
학원 뺑뺑이 같은 걸 하지 않아도 돼서.
수업들도 알차고 종류도 많다.
주산 같은 전통적인 수업도 있고 방송 댄스도 있다.

아이들이 가장 좋아하는 수업은 '생명과학'이란다.
아이들은 이 시간에 토끼를 관찰하고
장수풍뎅이나 지렁이 등을 분양받아 오기도 하고
콩나물이나 고추를 화분에 심어오기도 한다.
집에 점점 잡동사니가 느는 느낌인데
아이가 너무 소중히 여기는 바람에 버릴 수도 없다;;
게다가 집에 온 아이들이 자꾸 죽는다.
배추흰나비 애벌레, 달팽이, 사슴벌레, 얼마 전에는 자라까지….

가끔 실험 같은 것도 해서 얼마 전에는 핸드크림을 만들어왔다.

퇴근하자마자 내 손을 부여잡고 덕지덕지 발라주면서 자랑을 한다.

아, 그래, 냄새가 조금 이상하지만 친환경이라 그런 거겠지…?

네가 손을 안 씻고 만들어서 그런 건 아니겠지?

들고 다니면서 매일 바르라며 신신당부하는 아이에게

꼭 그러겠다며 손가락을 걸고 맹세했다;

방과 후 수업… 재미있고 유익하구나….

학교에 다니기 시작하고

방과 후 수업까지 하면서부터

집에 뭔가가
계속 늘어나는 느낌….

그래도 일하는 나에게 방과 후 수업은 고맙지.

○　　벼룩시장

안 쓰는 장난감을 팔겠다고 나가더니
팔지는 않고 사오기만 했더라지.
집에 안 쓰는 장난감이 늘어났더라지.
내일이면 가지고 놀지 않겠지만
시장에서 살 때만큼은
치열한 눈치 싸움과 흥정으로 득템한
소중한 물건들.
어떤 아이는 전부 팔고 돈을 벌어오기도 한다는데
솔이는 짐을 더 늘려서 돌아왔다.

벼룩시장 하나만으로도 아이의 성향을
알게 되기도 한다.
솔이는 버리는 건 싫어하는 타입인가 보다.

야심 차게 팔러 갔다가

한가득 들고 돌아옴….

○   기대가 없으면 실망도 없다

불규칙한 퇴근 시간.
어쩌다가 일찍 끝난 날,

일찍 끝난 기념
놀이 데리러 가서
놀래켜야지!

돌봄 교실로 아이를 데리러 갔다.

안..녕
하세요~

엄..마?

오늘 엄마
일찍 끝났어

엄마가
이 시간에
웬일이야?

너무나 행복해하던 아이는

그다음 날부터
엄마가 또 그렇게 일찍 오지 않을까
기다리기 시작했다.

선생님이 말씀하셨다.

어머님, 규칙적으로
늦게 오시는 게 나아요.

기대하게 만들어서
오히려 실망하게 한 걸까.

엄마는 늦게 오는 거라고
그게 당연한 거라고 생각해버리면
아이는 오히려 스트레스를 받지 않는단다.

선생님께는 알겠다고 말했지만
왠지 마음 한편이 뻐근해졌다.

○ 리액션이 필요하다

우리 아이의 책상은
거실 한가운데에 있다.

책 읽는거야?
청소 시끄러운데
방해서 읽지뭐..

몰입..

집에 놀러온 친구 엄마가
"여기에 책상이 있으면
아이가 뭐 하는지
볼 수 있어서 좋겠어요"
라고 말했지만,

사실,
아이가 숙제를 하는지 계속 놀기만 하는지
감시하려고 그 자리에 둔 것은 아니었다.

방을 꾸며줬음에도
솔이는 자꾸 방에 있는 물건을 다 들고 나와
거실에 잔뜩 펼쳐놓았다.

스케치북에 끄적이는 모습도

인형을 가지고
연기를 하는 모습도

그때 지나가던
부엉이가 날아오며..

더듬더듬 책을 읽는 모습도
모두 엄마가 봐주길 바라는 것 같았다.

조금만 더 크면
엄마가 지켜보는 걸 불편해할 것이다.

자기가 하는 일들을 전부 엄마에게 보여주고 싶어 하는
지금의 모습은 꽤나 희귀한 것이 될 것이다.

그때까지는,
거실이 지저분하더라도
그대로 두고 지켜봐주기로 했다.

계속 리액션해주는 일이 조금 피곤하긴 하지만….

○　성급한 성격

아이는 성격이 급하다.
그림을 그리는 걸 좋아하지만
빨리 표현하길 원한다.
그리다가 답답해지면 생략해버리고
글씨로 채워놓는다.
생선을 그리기보다
'생선 가게'라고 써놓고
그림을 그리지 않는 것이다.

때로는 글씨를 쓸 줄 안다는 게
좋은 일만은 아닌 것 같기도….

생선 가게라고 쓰면

끝나는 게 아니라

생선 가게를 그려야지….

○　　스케이트

공립학교인데도 스케이트 수업이 있다.
한 학기에 한 번씩, 일 년에 두 번.
아침에 학교 운동장에서 버스를 타고
아이스링크에 갔다가 오후에 돌아온다.

미리 공지를 받았지만,
준비물을 챙겨야 한다는 사실을 출발 전날 깨달아버렸다.
겨울 방수 장갑을 주문하기는 이미 늦었고,
퇴근하자마자 다이소, 동네 문방구 등을 다녀봤지만
마땅한 장갑이 없었다.
그래서 결국… 목장갑을 사주었다.

솔이는 장갑이 이게 뭐냐며
화를 내며 안 들고 가겠다고 했지만,
넘어지면 얼음 바닥을 맨손으로 짚을 수는 없을 거라며
가방 속에 집어넣어주었다.

퇴근하고 만난 솔이에게 잘 다녀왔냐고 물어봤지만
솔이는 첫 스케이팅의 기억이 좋지 않았다고 했다.
그리고 그 후에도
스케이트 타러 가는 건 싫다고만 한다.
아무래도 첫 단추를 잘못 끼워서일까;;

준비물을 깜빡한 채
스케이트 가기 전날이 왔다.

밑도 끝도 없는
희망을 품었건만…

혼자 노가다 장갑 끼고 있을 생각을 하니 눈물이….

○ 몰랐다

저녁 산책을
좋아한다는 걸
몰랐다.

엄마?
왜나와있어?

몰랐어?
얘는 이렇게
해야 잠들어

어머! 김치를
먹을수있어?

더위
더위~

야, 먹은지
꽤 됐어...

안 매워?

꺅섭펑!

김치를 먹기
시작했다는 걸
몰랐다.

받아쓰기를 할 수 있다는 걸 몰랐다.

혼자 준비물을 챙기고 있다는 걸 몰랐다.

할머니도 선생님도 친구들도
다 알고 있는 걸
엄마는 자꾸만
뒤늦게 알고 만다.

엄마가 정신 없는 동안
아이 스스로 자란 걸까.

챙겨주지 못해
더 빨리 큰 걸까.

아이는 생각보다
많은 것을 할 줄 안다.
그리고 엄마를 꿰뚫어 본다.

친구 같은 엄마가 되고 싶었는데

오히려 네가
친구 같은 딸이 되어주었구나.

○   사교육

사교육에 대한 엄마들의 고민은
다섯 살 정도부터 시작되는 것 같다.

조리원에서부터
아기를 위한 동요,
오감 자극 동화 등을
소개받고
영상이나 음악으로
뇌 교육을 시키는
엄마들도 있지만,

대체로 아이가 다섯 살이 되면 엄마들은
한글 교육이나 영어 교육, 놀이 수학 등을 시도한다.

사실 가만히 있어도
어린이집에서부터 외부 강사를 데려와
영어나 체육 등을 가르쳐주기도 한다.

나 역시 언제부터 아이에게
사교육을 시켜야 할지
정말 많은 고민을 했다.

그런데 이 사교육이라는 것이
놀이의 형태를 띤 것도 많기 때문에
무작정 나쁜 것은 아니었다.

같이 시간을 보내주지 못하는
나 같은 워킹맘에겐

사교육 선생님이
아이의 외로운 시간을
채워주는 존재 같기도 했기 때문이다.

시작은 외할머니의 요청이었다.
아이와 놀아주는 게 버거우니
학습지 선생님이라도 와주면 나을 것 같다고 하셨다.

나와 나이가 비슷한 영어 학습지 선생님은
동요와 춤으로 신나게 놀아주며
솔이에게 좋은 친구가 되어주셨다.

커리큘럼을 보면서도 큰 기대는 하지 않았다.

그 시간 동안 영어 실력이 늘길 바랐다기보다는
솔이가 다양한 자극을 받고
외롭지 않은 하루를 보내길 바랄 뿐이었다.

그런데
시간이 갈수록 아이는
수업 시간을 무척이나 기다렸다.

다행이었다.
수업이라는 게 지루하고 재미없는 게 아니라고
인식하는 것만으로도 큰 수확이니까.

○ 　 사랑한다 말하는 이유

내가 일하기 때문일까.
하루 종일 옆에 있어주지 못해서 그런 걸까.
아이는 나에게 매일 사랑한다고 말한다.
사랑한다고 자꾸 말하는 이유는
엄마가 정말 좋아서 표현하는 것이기도 하겠지만
"엄마도 너를 사랑해"라는 말을 듣고 싶어서라는 걸 나는 잘 안다.
어릴 때 나도 어린 동생들을 돌보느라 바빴던 엄마에게
애정을 확인하려고 비슷한 행동을 했던 적이 있기 때문이다.

그래서 나는 사랑한다고 말하는 나의 아이에게
한 번이고 네 번이고 열 번이고
사랑한다고 계속 답해준다.

먼 훗날 나의 아이가 커서 사랑을 하게 될 때
자신이 충분히 사랑받을 존재라고 확신하면서
상대방의 사랑을 의심하지 않길 바라기 때문이다.

나는 진심으로 바란다.

나의 아이가 사랑받는 걸 지극히 자연스럽게 여기기를.

상대의 애정에 지나치게 고마워하거나 저자세가 되지 않기를.

자신을 많이 좋아해준다는 이유만으로 사랑을 시작하는 게 아니라

누군가를 사랑하게 된다면 용기 있게 먼저 고백할 수 있기를.

어떤 대답이 돌아올지 몰라서

사랑한다고 말하는 걸 어려워하는 사람이 되지 않기를 말이다.

"엄마 사랑해요."
아이가 말한다.

어린 시절의 감정들을 생생하게
기억하는 나는 알고 있다.

아이가 엄마에게
사랑한다고 말하는 이유는
"응. 나도 널 정말 많이 사랑해"
라는 대답을 듣고 싶어서라는 걸.

그래서 나는
힘주어 말한다.
나도 널 사랑한다고.
넌 나에게 정말 소중하다고.

그래.
열 번이고 천 번이고 말해줄게.
널 사랑한다고.
넌 사랑스러운 사람이라고.

시간이 훌쩍 지나
네가 나보다도 키가 커졌을 때
누군가에게
사랑한다고 말할 수 있도록.

어떤 대답이 돌아올지 몰라서
사랑을 말하기 어려운 사람이
되지 않도록 말이야.

○   방학의 실종

아이가 방학을 하면 엄마는 더 바빠진다.

엄마의 휴가는 일주일인데 아이의 방학은 한 달.
한 달간의 아이 스케줄을 짜느라 머리가 아팠다.

오전 9시부터
여름 방과 후 수업을 듣고,

돌봄 교실에서 점심을 먹고
두어 시간 있다가
바로 학원에 가고,

학원에서 돌아온 후에는
외할머니가 봐주시도록 세팅을 했다.

방학이라고 집에서 쉬고
엄마와 박물관 같은 곳에도 놀러가는 아이들과 달리,

솔이는 방학인지 아닌지 헷갈릴 정도로
학교에 매일 가야 했다.

공부를 시키려는 욕심 때문이 아니라
가야 할 곳이 마땅치 않아서
만들어진 시간표였다.

스케줄이 조금이라도 틀어지면,
방과 후 수업 선생님과 돌봄 교실 선생님과
학원 셔틀버스 기사님의 전화가 쏟아진다.

중간에 아이가 다른 곳으로 샐까 봐
일하다가도 걱정이 된다.

아이에게도 엄마에게도
방학이 방학이 아니었다.

○　　　이 세상의 진실

아이가 자라날수록 질문이 늘어났고
내가 대답하기 어려운 질문도
생기기 시작했다.

처음에는 나도 아이의 질문에
최대한 열심히 대답해주려고 노력했다.

그러다가 어느 순간,

엄마, 저 나무도
나이테가
있을까?

그럼 나무인데..
(가서확인해봐..)

엄마,정말
물이 안 떨어져?   응? 무슨말?
(어디서뭘보고온거..)

아빠,아빠
그리스 로마신화에
서술잘 다루는 신이.

조잘~
조잘

음.. 잠시만..

엄마한테
물어보지..
~~아빠도 대책없어야~~

모르는 게 있으면 혼자 생각해보는 시간조차 없이
무조건 질문부터 던지는 아이를 보았다.

그리고 아이는 나의 불완전한 대답을
아무 의심 없이 철석같이 믿어버리는 것이었다.

책과 내 말이 다르면
오히려 책이 틀렸다고 생각할 정도로.

어느 날,
나는 아이의 질문에
처음으로 모른다고 대답했다.

나의 고백에 아이는 놀랐다.
그러나 나는 이쯤 되었으면
세상의 진실을 조금씩
알아가야 한다는
생각이 들었다.

"어른에게 자꾸
물어보지 말고
네가 스스로 생각해야 해.
네가 답을 찾아야 해.

책도 보고, 관찰도 하고,
그러면서 답을 찾아내면
엄마가 그냥
말해주는 것보다
훨씬 오래 기억될 거야.

그렇게 얻은 지식이
진짜 너의 것이 되는 거야."

아이는 물론,
이 엄마가 도대체 무슨 소리를 하는 거야
하는 표정으로 쳐다보았지만,

나는 그날 이후로
아이에게 쉽게 답해주지
않기로 결심했다.

그리고 모르는 건
그냥 모른다고 말하기로 했다.

어른들도 모르는 것이 많고,
답은 스스로 찾아내는 것이라는

어머, 엄마도
몰랐었는데

솔이 질문 덕분에
엄마도 알게 되었네!

히히~

내가 질문
잘했지~?

고마워~

쑥

성취.wfↂ

이 세상의 진실을
알려주기 위해서.

○　읽기 독립 만세

아이가 태어나고
꽤 오랜 기간 책을 읽을 수가 없었다.

아이에게 책을 읽어주느라
내 시간을 내어줄 수밖에 없었기 때문이다.

아이가 혼자 책을 읽고
나도 내 책을 읽을 수 있는 날이 오기를
간절히 바랐다.

나에게는 항상
아이의 한글 떼기보다도
'읽기 독립'이 목표였달까.

그러나 한글을 떼고 나서도
솔이는 스스로 읽으려고 하지 않았다.

읽는 속도가 느리니까 답답했던지
계속 읽어달라고만 했다.

그럴 땐 CD를 틀어주면서
따라 읽어보도록 이끌었다.

읽을 수 있으면서도
읽어달라고 애원하는 시기에는
외면해주는(?) 단호함이 많이 필요하다.

답답해한다고 계속 읽어주면
읽기 독립은 늦어질 수밖에 없기에.

1학년 1학기가 지나자
읽는 속도는 상당해졌고,
솔이는 혼자서도 곧잘 책을 읽기 시작했다.

드디어 7년 만에 아이가 옆에 있어도
내 책을 읽을 수 있는 일이 가능해진 것이다.

스스로 읽기 시작하자 아이는
끝없이 하던 질문도 덜 하기 시작했다.

그 후로 우리는 주말마다 북카페에 가서
각자 좋아하는 책을 고르고
나란히 앉아 책을 읽었다.

평화롭고 행복했다.

누군가에겐 너무도 당연한 일상이겠지만
나에게는 기적 같은 일이었다.

아이가 혼자 책을 읽기 시작하는 건,

혼자 밥을 먹기 시작하는 것만큼이나
엄마에게 엄청난 해방감을 준다.

○　　학교가 좋아?

어떻게 시간이 지나가버렸는지,
9월이 되었다.
아이는 학교를 좋아하기 시작해서
애교심에 불타고 있다.

무엇이 이 아이를 이렇게 만들었나.

잘 적응했다는 방증이겠지.
참 다행이다.

○   친구를 사귀는 일

단짝 친구는 여전히 없다.
그런데 못 끼던 그룹에 끼게 되었다고 한다.

반에서 제일 재미있는 아이를 중심으로
서너 명의 아이들이 같이 논다고 한다.

1학기 내내 그 무리에 끼고 싶어 했는데
어떻게 했는지
2학기 들어 친구가 되었다고 기뻐한다.

그간 어떤 노력들을 했을지 잘 모르지만
노력이 참 가상했다.

친구를 사귀는 일까지
엄마가 간섭해야 할 일은
아니라고 생각했다.

마음이 가는 대로 어울리게
내버려두고 싶었는데,
다른 아이가 솔이가 낀 그룹에 못 끼어서
속상해한다는 이야기를 들었다.

유치원 때보다는
확실히 호불호가 강해지고
자기와 맞는 친구를 골라
놀기 시작하는 것 같다.

아니.. 다같이
사이좋게잘..

걔는 나랑잘
안 맞는데..

뭐..?

안.. 맞아도..
그때..도..

너무 끼리끼리만
놀지 말라고 말해줬지만
어쩔 수 없는 일이 아닐까
하는 생각도 들었다.

다 같이 사이좋게 지내야지, 하고
어른들은 아이들에게 말하지만

사실 어른들도
다 같이 사이좋게 지내지는 못한다.

마음이 맞지 않는 사람이 있으면
거리를 둘 수밖에 없는 게 사회생활 아닐까.

다 같이 사이좋게 지내라고

할 수 있을까.

엄마도 그러지 못하는데.

○　　　받아쓰기

나는 어렸을 때 받아쓰기를 좋아했다.
공책에 연필로 꾹꾹 눌러 쓰는 느낌이 좋았고,
선생님의 발음이 내 공책 위의 글씨로 나타나는 자체가
마치 보이지 않는 것이 보이는 것으로 변하는 과정 같아서 좋았다.
그래서 시험이라기보다 일종의 놀이처럼 느껴졌다.

솔이도 받아쓰기를 잘한다.
이미 유치원 때부터 하던 거라 그런 것 같기도 하고
책을 워낙 좋아하기 때문인 것 같기도 하다.

받아쓰기는
나와 솔이의 공통점 중 하나면서
한 번도 봐준 적은 없는데
알아서 잘하는 것 중 하나.

닮았네… 큰일이다… 수학….

○   우정에 관한 대화

"엄마, 친구는 어떻게 만드는 거야?"

            친구는 말이야,
            그냥 다가가서 우리 친구하자, 하고
            바로 되는 게 아냐.
            반갑게 인사하고
            이야기를 나누고
            같이 장난을 치고
            같이 시간을 보낸
            그런 시간들이
            하루 이틀 쌓이고 쌓이면
            우정이라는 게 생겨나거든.

"우정?"

            우정은 친구 사이에 생겨나는 좋은 감정이야.
            뭔가 통하고 같이 있으면 재미있고 좋아서
            더 보고 싶고 연락하고 싶고 그런 거.
            너는 더 보고 싶은 친구가 있어?
            같이 있으면 더 좋은 친구?

"다 좋아. 우리 반 애들은 다 친구야."

맞아, 그렇지.
그렇게 다 같이 시간을 보내다 보면,
그 시간들이 쌓이면,
더 마음이 많이 쌓인 친구가 있을 거야.
그래서 내년에 다른 반이 된다 해도
계속 보고 싶어지는 친구.

"그게 우정이야? 계속 보고 싶어지는 거?"

응. 그런 것 같아.

○ 칠판 글씨가 안 보여

"칠판 글씨가 안 보여"
라고 말하는 아이를
병원에 데려갔을 때는

이미 시력이 0.4였다.

작년까지 1.2였던 시력이
이렇게까지 떨어지도록 몰랐다는 게
미안했다.

야근과 주말 근무가 몰아치던 몇 개월이어서
더 내 탓처럼 느껴졌다.

눈에 좋고 영양가 높은 음식들을
먹이지 않아서

어두운 곳에서 책을 읽지 않도록
습관을 잡아주지 않아서
이렇게 된 것 같았다.

깜깜한 곳에서 책을 읽을 때도

바로 앞에 붙어서
TV를 볼 때도

회사에 있느라
막아주지 못했으니까.

의사 선생님은
이 시기가 타고난 시력이
드러나는 시기라고 했다.

아 네...

원래
이 시기가

아빠눈 유전인가..
드림렌즈 해야 하나..

선천적으로 약한 눈을
가졌기 때문이라고 말해주셨다.
그리고 앞으로 솔이는
키가 자라듯 시력이 나빠질 거란다.

내 탓은 아니었다.
그렇지만 이렇게 아이에게 변화가 생기면
자꾸 내 탓을 하게 된다.

그러지 말아야지 ; ;

○   아이는 잃어버리고 엄마는 찾아준다

하루에도 몇 번씩, 그 어떤 것이든,
어디 있는지를 나에게 먼저 물어본다.

내가 쓴 것도 아닌데
어떻게 아냐고 쏘아붙이다가

결국 그래도
내가 찾아주게 되는 일이 반복된다.

아이는 바로 눈앞에 있는데도
못 찾는 경우가 많다.

그건 '없어졌어'라고
생각해버렸기 때문인 듯하다.

없어졌다고 생각해버리는 순간,
신기하게도 아무리 찾아도 잘 안 보이는 것이다.

그리고 나는 잘 못 찾아, 잘 찾는 건 엄마야,
라는 생각도 한몫하는 것 같다.

정신이 육체를 지배한다는 게
이런 상황을 의미하는 걸까.

아침마다 물건들을 찾아주느라
참 피곤하다….

part 3

그래도 우리,
같이 할 수 있는 건 계속 같이 하자

○　　말 좀 들어

"엄마 말 잘 들어야지."
"선생님 말 잘 듣고 와."
"할머니 말씀 잘 들었어?"

어느 순간
내가 아이에게 가장 많이 하는 말이
"누구누구 말 잘 들어~" 같다는 느낌이 들었다.
그와 동시에
내가 왜 이런 말을 아이에게 하고 있지?
하는 생각이 들었다.
"밥은 먹었니?"처럼 습관적으로
"말 잘 들어~"를 하고 있다니….

아무 의심 없이 남의 말을 잘 따르는 아이로
키우고 싶다고 생각한 적은 없었다.
그런데 왜 무의식적으로 이렇게 말하고 있는 걸까.

배에서 나오지 말라는 어른들의 말을 들었다가
너무 일찍 하늘로 간 아이들의 이야기를
사무치게 알고 있으면서도….

어른들의 말은 수없이 들으라고 말하면서
정작 어른들은 아이들의 말에 귀 기울여주고 있는 걸까.

"내일 유치원 가야 하는데 빨리 안 자?
엄마 말 또 안 들을래?"

"엄마, 내 말 좀 들어봐.
내일은 유치원이 쉬는 날이라고."

엄마, 내 말 좀 들어봐,
라고 네가 말했을 때
엄마는 문득 깨달았어.

엄마 말 잘 듣고
선생님 말 잘 듣고
할머니 말 잘 들으라고
수없이 말하면서

정작 너의 말은
얼마나 들어주었을까.

늘 어른들 말을 들으라고만 했지
너의 말은
잘 들어주지 않았던 것 같아.

어른 말이라고
다 맞는 것도 아니고

아이 말이라도
다 틀린 것도 아닌데.

조금 더 귀 기울여 들을게.

너의 말,
너의 마음.

○   처음부터 잘하는 건 없어

줄넘기 학원도 있다는 이야기를 들었을 때는
"왜?"라고 물었지만,
막상 내 아이가 반에서 유일하게
줄넘기를 못 한다는 말을 듣자 아차 싶었다.

그렇게 해서 찾아가본 줄넘기 학원은
줄넘기만 가르쳐주는 게 아니라
크게 음악을 틀고 에어로빅을 하듯
생활체육을 가르쳐주는 곳이었다.
아이들의 스트레스도 풀고 성조숙증도 예방할 수 있어서
엄마들의 만족도가 매우 높다고 했다.

하지만 솔이는 다니고 싶지 않아 했고,
그래서 우리는 밤마다 같이 줄넘기 연습을 했다.
늦은 밤, 아파트 앞에서 함께 폴짝폴짝 뛰는 일은
내 체력에도 도움이 되는 것 같았다.

그런데 나나 남편이 자기보다 줄넘기를 잘하면
솔이는 화를 냈다.

자기만 줄넘기를 못한다고 속상해하면서 말이다.
엄마도 1학년 때는 줄넘기를 못했어,
그런데 하다 보니까 잘하게 되었어,
라고 말해도 아이는 좀처럼 믿지 못했다.

그래도 다음 날 솔이는 또 나가자고 했고,
하다가 잘 안되면 또 삐졌고,
그리고 우리는 또 같이 뛰었고,
그런 저녁을 계속 반복하기를 몇 달,
아이는 줄넘기라는 걸 제법 할 수 있게 되었다.

아이는 믿게 되었다.
하다 보면 잘하게 되는 게 있다는 걸.
처음에는 못해도
하다 보면 되는 게 있다고.
처음부터 잘하는 건 없다고.

역시,
하면 된다.

○   거짓말

학교에서 수학 문제집을 나눠 줬다.
아이는 다 풀었다고 말했다.
나중에 다시 보니
답을 가짜로 써놨더라….
그냥 아무 숫자나 막 적어놓았다.
이런 거짓말을 어디서 배운 거지….

거짓말도
자라는구나….
하기 싫으면 그냥 하기 싫다고 하지.

이렇게 눈에 훤히 보이는 거짓말이라니….
그렇게 수학 문제가 풀기 싫었구나;;

이해한다….

○ 봉숭아물

퇴근하고 집에 왔는데

잠든 아이의 손톱이
다홍빛으로 물들어 있었다.

외할머니와 집으로 걸어오다가
길가에 핀 봉숭아 꽃잎을 따 왔다고.

나란히 손톱에 물을 들이면서
같이 좋아했다고.

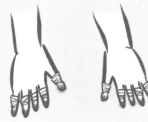

꽃잎을 돌로 찧고 백반을 섞고
손톱에 올리고 비닐로 싸고

기다리느라 많이 지겨워했다고.

물들어 있는 작은 손톱을
쳐다보고 또 쳐다보고
엄마에게 자랑하려고
기다리고 기다렸다고.

그러다가
잠들어버렸다고.

두 손을 꼭 모은 채.

○　　나란히 자전거를 타고 싶어

솔이가 자전거를 탄다.
세발자전거에서 네발자전거로,
네발자전거에서 두발자전거로.

네발자전거에 익숙한 아이는
두발자전거를 타야 할 필요를 못 느꼈다.
그래서 두발자전거가 훨씬 더 빠른 속도를 낼 수 있다고 알려줬다.
하지만 아이는 왜 빨리 가야 하는지 이해하지 못했다.
그래서 한강에 데리고 갔다.

"여기는 모두가 두발자전거를 타고 빨리 달리기 때문에
혼자 네발자전거를 타고 느리게 가면 위험해."
그러자 "그럼 한강에 안 가면 되잖아"라고 했다.
"저기 빨리 달리는 사람들 멋지지 않아?"
"아니."

아이는 단호했다. 그래서 솔직하게 말했다.
"엄마가 한강에서 자전거 타고 싶단 말이야….
한강에서 너랑 같이 나란히 두발자전거 타고 싶어…."

엄마의 사심으로
그렇게 솔이는
두발자전거를 시작하게 되었더란다.

탈것의 진화론

○   어떤 반항

졸리지 않아,
하고는 자고 있다.

배가 아파서 못 먹겠어,
하고는 잘 먹는다.

배가 아픈 것과
배가 고픈 것의 차이를 모르는 걸까?

아이의 말들만으로
헤아릴 수 없는 것들이 많아진다.

아직 모든 감정과 통증의 이름을 모르기 때문일까.
배고픔과 아픔을 착각하는 걸까.

아니면 그냥
반대로 말하는 반항을 시작한 걸까.

일부러 저러나….

○ 전쟁 같은 아침

아이는 학교에서 돌아오면
유치원 때보다 훨씬 더 지쳐 있었다.
그래서 아침이라도 제대로 챙겨주고 싶었다.

하지만 우리는 아침 먹는 일 때문에
더 많이 싸우게 되었다.

솔이는 일어난 지 한 시간 정도 지나야 식욕이 생기는 편이라
그 전에 밥을 주면 제대로 먹지 않았다.

야근으로 무거워진 몸을 이끌고 꾸역꾸역 차린 밥상인데
아이는 먹기 싫다고 하고,
아침을 꼭 먹여야 건강해질 것 같아서
아이를 위해 시작한 일이었는데,
어째 그로 인해
우리 사이는 점점 더 멀어지기만 했다.

몸의 건강도 중요하지만

우리의 정신 건강 또한 소중했기에

나는 과감히 아침을 준비하는 일에서 힘을 빼기로 했다.

식욕이 없으면 우유 한 잔이나 과일 한두 쪽,

시리얼이나 계란프라이에 치즈 등을 주고,

좀 일찍 일어나서 먹고 싶어 하면 밥을 해주는 식으로.

음..지금 몇 시지..
또 늦잠인가..

하루에 한두 시간 보는 우리가
아침마다 싸울 순 없으니까.
그리고 출근해야 하는 나도
매일 아침을 차려주기란 정말 힘드니까.

모든 것에 힘을 주기란 어렵다.

힘을 빼고 내려놓자
우리의 아침에는 평화가 찾아왔다.

○   아픔을 인정해주는 것

어느 가을 아침, 엄마들의 카톡방에 난리가 났다.
한 명이 독감에 걸리더니 반 전체로 퍼져서
결석하는 아이가 등교하는 아이보다 많아진 것이다.

결국 솔이도 독감에 걸려 결석하게 되었다.
그런데 너무 아픈지, 이러다가 죽으면 어떡하냐고 울기 시작했다.
에이, 감기 가지고 사람은 안 죽어, 라고 말하려다가
어쩌면 이렇게 아팠던 적이 태어나서 한 번도 없었겠구나
하는 생각이 들었다.

네가 몰라서 그러는데 괜찮아질 거야, 라고 말해도,
감기는 큰 병이 아니라 약 먹으면 낫는다고 말해도,
이마가 펄펄 끓어 아픈 아이에겐 위로가 되지 않는다.

나 역시 어떤 아픔의 순간에,
다들 겪는 일이고 곧 지나간다고 말해주는 것보다
아이고, 많이 아프구나, 라고 공감해줄 때 더 마음이 놓였으니까.

그저 그 순간의 아픔을 인정해주는 것.
이야기를 들어주고 옆에 있어주는 것.
어쩌면 그게 우리에게 가장 필요한 일 아닐까.

"엄마,
아파서 죽을 것 같아요."

"걱정 마. 그냥 감기야."

"자다가 하늘나라 가면 어떡해요?"

"해열제 먹으면 열 금방 내려."
엄마가 옆에 있으니까 괜찮아.

세상에는 더 큰 병도 있고
더 아픈 일도 많다고,
약 먹으면 나을 거라고
말하다가 문득,

아이에게는
생전 처음 겪어보는
아픔일 수도 있겠다는
생각이 들었다.

지금까지 아픈 것 중에
가장 아픈 것일 텐데

세상은 더 아픈 것들로
가득하다고 말하는 것은
도움이 안 된다.

그냥 그 아픔을 인정해주고
많이 아프구나, 힘들겠구나, 하면서
위로해주는 게 최선이었다.

아이는 학교에 못 가고,
엄마와 아빠도
회사에 못 가게 했던 독감은,

결국 지나갔다.

그래, 건강이 최고다.

○　무리하지 않고, 할 수 있는 만큼

초등학교에 들어가 처음 맞이하는 생일을
어떻게 챙겨주는 게 좋을지 오래 고민했다.

반 아이들을 다 초대할 수도 없고
몇 명만 초대할 수도 없고.

몇 명만 부르면 소외감을 일으킨다고
어떤 엄마는 체육관을 빌려서 반 아이들 전체를 초대했고,
태권도 선생님을 불러 레크리에이션까지 해주었다.

덕분에 엄마들까지
체육관 옆 치킨집에서 치맥을 즐길 수 있었다.

하지만 나는
그런 성대한 생일파티를 열어줄 자신이 없었다.

그래서 평소에 해보고 싶다던
어린이 요리 수업을 예약해서
친한 친구 네 명과 함께 듣게 해주었다.

여자 아이 넷이 모이자
어찌나 시끄럽고 정신없던지,

솔이는 너무 좋아하는데
피곤한 워킹맘은 바로 지쳐버렸다.

반면 아이들은 에너지가 솟아나서
헤어지지 않으려고 하는 통에
집에서 2차까지 하게 되었다.

초대받지 못한 아이들에겐 미안한 일일 수도 있다.
하지만 생일날 하루만큼은 여러 사람을 챙기기보다
그저 내 아이가 원하는 하루를 선물해주고 싶었다.

할 수 있는 선에서,
무리하지 않고,
하고 싶은 만큼,
각자의 방식대로.

○   수영을 안 해도 수영장에 간다

가슴이 자꾸 아프다는 아이의 말에
성조숙증이면 어떡하지 싶어 덜컥 겁이 났다.
또래보다 몸집이 큰 것도 아니고,
병원에 가서 확인해보니 별건 아니었지만.

운동을 하면 예방이 된다는 조언에 따라
수영을 시키기로 결심했다.
다른 운동은 다 안 하겠다고 하고,
일단 물놀이는 좋아하니까.

유리창 너머로 수영을 배우는 아이의 모습을
지켜보는 일로 주말 아침이 채워졌다.
물보라 사이에서 물안경을 쓰고
어푸어푸 앞으로 나아가는 몸짓이 대견스러웠다.

하지만 옷은 혼자 갈아입어도
아직 혼자 샤워를 잘 못하기 때문에
매번 엄마가 같이 가야 했다.
그래서 평일 레슨은 아예 생각조차 못 했다.

아이가 수영을 하려면
엄마가 수영장에 가야 한다.

남자아이면
아빠가 가야겠지…?

○ 등교 거부

친구랑 다툼이 생기는 것 같더니
어느 순간 학교에 가기 싫어하기 시작했다.

학교..가기.
싫어...

뭐어?

네.. 알겠습니다
선생님..네~

네, 너무
염려마세요..

그래도
걱정
관념

2학기가 시작될 때
가득했던 애교심은
온데간데없다.

선생님께 물어보니
아이들 간의 다툼은 일상이니
신경 쓰지 말라고 하시는데,

아침마다 힘들어하고
밤마다 울적해하는 아이의 모습이 안쓰럽다.

친구들을 집에 초대해서
화해하게 해줘야 하나
그냥 내버려두고 지켜봐야 하나
너무 걱정이 되었다.

하지만 억지로 화해시킬 수가 있을까.
화해하기 싫을 수도 있는데.

그래서 다른 친구랑
놀아보라는 식으로
아이에게 조언을 해줬다.

지수랑은
안놀아?

착해 보이던데
주말에 초대할래?

지..수?

원래 잘 맞는 사람도 있고
안 맞는 사람도 있는 거라고.

잘못한 게 있다면 미안하다고 말하고,
그래도 그 친구가 받아주지 않는다면
너를 좋아하고 너와 친해지고 싶어하는
다른 아이들과 지내면 된다고.

그냥 학교 가기 싫은
아이는 없다.

들여다보면
다 원인이라는 게 있는 것이다.

○　　하루의 마무리

아이의 일과가 끝나도
엄마의 일과는 끝나지 않는다.

설거지를 하고
빨래를 개고
장을 보고
준비물을 챙기고
내일 아침 먹일 게 있는지 확인하고

지친 몸으로
아이 곁에 눕는데
아직 남아 있는 아기 냄새가 달큰하게
긴장한 몸을 녹인다.

아이를 품에 안고 아이 냄새를 맡으면
하루의 피곤이 다 사라지는 기분이 든다.

아이에겐 엄마 냄새가 약이라는데
엄마에게도 아이 냄새가 약일까.

아이로 인해 힘들어도
결국 아이로 인해 힘을 얻게 된다.

아이의 일과가 끝나도
엄마의 일과는 끝나지 않는다.

설거지를 하고
빨래를 개고
온라인으로 장을 보고
학교 준비물을 챙기고

지친 몸을
아이 곁에 누이려는데

'음~ 아기 냄새~'

너를 품에 안고
네 냄새를 맡으면
하루의 피곤함이
다 사라지는 기분이 들어.

아이에겐 엄마 냄새가 약이라던데
엄마에게도 아이 냄새가 약인가 봐.

약 주고 병 주고….

○　　엄마도 그랬을까

엄마도 그랬을까.
자는 얼굴이 예뻐서 보고 또 보고
나 모를 때 그랬을까.

엄마도 그랬을까.
예쁘다 예쁘다 하면
버릇없어질까 봐
나처럼 참았을까.

엄마도 그랬을까.
작은 상처에도 세상이 무너진 듯
호들갑을 떨었을까.

지금 내 기억에는 남아 있지 않은
어린 엄마의 모습.

엄마도 그랬을까.
나처럼 서툴고 어려웠을까.
나처럼 이렇게 행복했을까.

우리는 그런 사이였을까.

아이를 낳고 처음에는,
왜 우리 엄마는 나를 이렇게 안 이뻐했을까,
난 내 아이가 너무너무 이쁜데… 하는 생각이 들었다.
내가 기억하는 건 학교에 들어간 후부터라서 그럴까.

내가 잘 기억하지 못하는 우리 사이.
내가 아기였을 때 나와 엄마 사이는 어땠을까.

엄마도 그랬을까….

혼내놓고
혼자서 후회하는 밤.

나처럼 그랬을까….

후… 훈육하려다
화만 내버렸어…

아… 어쩜…
내 새끼라서
예쁜 걸까…

엄마도 그랬을까….

자는 얼굴 이뻐서
보고 또 보고.

엄마도 그랬을까….

예쁘다 예쁘다 하면
버릇없어질까 봐
나처럼 참았을까.

아이고, 예뻐…
헙!! 습관적으로
또…

훗…
뭐 당연한걸
가지고

내가 좀
예쁘지…

꺄아아아으으으…
왜 그래? 어디
다쳤어???

그만해…
더 놀랬잖아

ㄷㄷㄷ

엄마도 그랬을까….

작은 상처에도
세상 무너진 듯
호들갑 떨었을까.

지금 내 기억에는
남아 있지 않은

어린 엄마의 모습.

엄마도 그랬을까….

나처럼 서툴고 어려웠을까.

그리고
나처럼 이렇게
행복했을까.

우리는…
그런 사이였을까….

○ 체육대회

폴짝폴짝 뛰는 아이들의 몸짓이
파릇파릇 올라오는 새싹처럼 빛나서
눈이 부실 정도였다.

다 같이 대열을 맞추면서 춤을 추는 아이.
어려운 동작들을 전부 외워서 척척 따라 하다니
정말 많이 자랐다는 게 느껴졌다.

저 정도까지 할 수 있을지 몰랐는데
엄마만 몰랐고 선생님은 아셨나 보다….

아이들의 생명력이,
살아 움직이는 에너지가 운동장에 넘실대서
한동안 만나지 못했던 기운들이 느껴져서

다들 같이 기저귀 찼던
꼬맹이들였을 텐데..
참... 대견해..

뭉클..

지켜보는 동안 많이 행복했다.

나는 다시는 저렇게 뛰지 못하겠지,
하는 아련함과 함께….

○　　바뀌지만 바뀌지 않는 것

『와이WHY』,『쿠키런』,『그리스 로마 신화』,
〈마법의 성〉과 〈산골 소년의 사랑 이야기〉 노래, 트와이스 언니들,
토요일마다 북카페에 가는 것,
반짝거리는 액세서리,
김치찌개와 명란젓,
필라테스에 같이 가는 것,
밤에 줄넘기를 하는 것,
그리고 그림을 그리면서 이야기를 만드는 것.
요즘 아이가 좋아하는 것들이다.

아이가 자라는 순간마다
아이가 좋아하는 게 뭔지 적어놓았다.
무엇을 좋아하는지를 보면 아이의 상태가 보이니까.
핑크색을 그렇게 좋아하더니
이제는 파란색을 좋아하고,
공주옷을 입고 엘사 놀이를 하더니
이제는 유치하다고 말한다.

아이는 계속 변한다.
내 아이는 이런 아이라고 정의하기 어려울 정도로
그때와 지금이 다르다.

하지만 그때나 지금이나 똑같은 것도 있다.
예를 들면 엄마가 일찍 집에 오는 걸 좋아하는 것?

엄마
엄마

오늘 좋은 하루
보냈어?

아이가 자라는 순간마다
아이가 좋아하는 게 뭔지 적어놓았다.
무엇을 좋아하는지 보면
어떤 아이인지 보이니까.

그때그때 달라지는
작은 차이들을 남기고 싶었다.

112일 때
아이가 좋아했던 건
물방울무늬 커튼을 만지는 것.

374일 때
좋아했던 건
예술혼을 불태우는 것.

세 돌 때쯤
좋아했던 건
계단을 끊임없이 오르내리는 것.

어린이집 가서
좋아했던 건
친구가 집에 놀러 오는 것.

요즘
가장 좋아하는 건
집에서 키우는 슈가글라이더.

그때나 지금이나
똑같이 좋아하는 건…

엄마가 집에
일찍 오는 것.

지금 여러분의 아이는
무엇을 좋아하고 있나요?

○   못해도 괜찮아

강의를 하다가 질문을 받았다.
"워킹맘으로 살아가면서
나 자신을 지키기 위해 필요한 태도가 뭘까요?"
여러 가지 생각들이 떠올랐고
그중 무슨 대답을 해야 할지 잠시 고민했다.

우선은,
잘할 수 없다는 것을
인정하는 것이다.

그리고 잘하지 못해도 괜찮다는 것.
너무 애쓰지 말고 좀 못해도 괜찮다고
스스로에게 말해주는 것이다.

정말 힘들 때도 있지만
그 시기는 일시적인 것이고
지나가는 것이니까.
그리고 그게 육아의
전부는 아니니까.

이게
진짜..

몰라! 넣어!
안아야쌍~

아..
미안..

선생님말씀
잘듣고..

아야..

일과 육아, 두 마리 토끼는 못 잡는다지만
둘 다 중요한 것이라서 하나만 선택할 수는 없다.

비중의 차이는 있겠지만, 그냥 포기하지 말고
둘 다 좀 못해도 뻔뻔하게 계속 앞으로 나아가는 것이다.

멈추지 않는 것만으로도
스스로를 대견해하면서.

○   그 어떤 꿈이라도

잠들기 전에 아이가 진로를 고민하기 시작했다.
알고 보니 아이가 원하는 직업,
그리고 엄마가 원하는 아이의 직업을
적어내는 과제를 받은 모양이었다.

"엄마, 나 OO 할까? OOOO는 어때?
할머니는 OOO 하라는데 난 그거 싫어! 난 OOOO 할래.
엄마는 내가 뭐 했으면 좋겠어?"
"엄마는 네가 하고 싶은 거 하는 게 좋아.
그런데 벌써 정할 필요는 없어. 그거 정말 하고 싶어?"
"아니, 잘 모르겠어. 그런데 다들 뭐 할지 정했더라고."
"시간이 지나면 정말 하고 싶은 게 생길 거야.
그리고 지금 정해도 계속 바뀔 거고."
"그런데 사실 나 아무것도 안 하고 싶은데.
엄마 일하는 거 너무 힘들어 보여.
사촌 언니 보면 공부하는 것도 너무 힘들어 보이고.
나도 유치원 때가 좋았는데… 초등학교는 힘들어."

앗, 이런, 벌써 사는 게 어려워 보이는구나.
내가 회사 다니기 힘들다는 말을 너무 많이 했나 보다;;

"그런데 엄마, 여기에는 뭐라고 적지?"
"하고 싶은 게 아직 없다는 거지?"
"응!"
"그럼, 아직 고민 중이라고 적자."
"그래, 그러자."

네가 자랄수록
꿈도 자라고

네가 달라질 때마다
꿈도 달라졌지.

하루에도 몇 번씩 바뀌는
너의 꿈.

네가 어떤 사람이 될지
엄마도 정말 궁금해.

하지만 어떤 꿈이 이루어지든
네가 어떤 사람이 되든

넌 엄마의 딸이고
난 네 엄마일 거야.

엄마가 좋아하는 것을
하는 게 아니라

네가 좋아하는 것을
하면서 살았으면 좋겠어.

네가
그 어떤 꿈을 꾸더라도

꿈에
크고 작음은 없으니까.

너의 꿈이 이루어지는 게
엄마의 꿈이야.

아이가 태어나고
가장 많이 달라진 것은

어딜 가나 아이와
손을 잡고 다니는 것이다.

아이는 손 잡는 걸
매우 중요하게 여긴다.

늘 꼭 부여잡는 바람에
손바닥에 땀이 차고 만다.

또 잠깐이라도 떨어지면
어찌나 속상해하는지 모른다.

손 잡는 게
뭐 그렇게 대수라고.

스킨십을
꺼리는 편이었던 내 손에
그 작고 따뜻한 손이
포개져 있는 것을 보면

신기하면서도
마음 한구석이 시큰해진다.

어릴 적 함께 살던
할머니께서 아프셨을 때
내게 바랐던 유일한 건…
손을 잡아주는 일이었다.

그리고 내가 해줄 수 있는
유일한 것도
할머니의 손을 잡아주는 일이었다.

서로 손을 맞잡는 그 순간만큼은
아픈 할머니의 표정이 밝아지곤 했다.

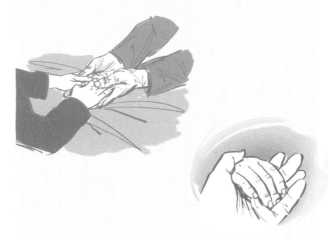

꼭 잡은 손의 체온으로 우리는
살아 있다는 걸 확인하고
누군가 옆에 있다는 걸 깨닫는다.

손을 잡는 것만으로도
외로움이 작아지고
날 향한 마음이 있다고 안도한다.

때론 서로에게
못 해준 것이 많다고
아쉬워하지만

어쩌면 서로의 손을
꼭 잡아주는 것만으로도
이미 많은 걸 해주고 있는 게 아닐까.

어느 순간
아이와 손을 잡지 않으면
마음이 허전해지고

오히려 먼저 손을 내미는 나를 보며
그런 생각이 들었다.

아이의 작은 손이 잡아주는 건
엄마의 손이 아니라
엄마의 마음이라고….

○ 혼자 할 수 있는 게 늘수록

언제나 꼭 붙어 있을 줄 알았는데
조금씩 떨어지기 시작한다.
몸이 자라는 만큼
우리 사이의 거리도 벌어지는 걸까.

혼자 밥 먹었으면 좋겠다,
혼자 책 읽었으면 좋겠다,
혼자 숙제했으면 좋겠다,
혼자 놀았으면 좋겠다 해놓고
막상 혼자 다 하니까 허전하네….

자연스러운 일이겠지.
어른이 되어서도
엄마에게 붙어 있을 순 없으니까.

이 허전함에 익숙해져야지.
이 빈자리들을 다시 나에게 돌려줘야겠지.

나도 먹고 싶은 거 먹고,
나도 보고 싶은 책 읽고,
나도 친구랑 놀고,

그래도 우리
같이 할 수 있는 것들은
계속 같이 하자.

어느 순간
말을 시작한다.

어느 순간
걸음마를 시작한다.

어느 순간
젓가락질을 한다.

어느 순간
그렇게…

홀쩍 커 있다.

언제나…

언제나…

꼭 붙어 있을 줄 알았는데…

조금씩…

조금씩…

떨어지기 시작한다.

몸이 자라는 만큼
조금씩 멀어지는 걸까.

몸이 어떻게 자라는지,
생각이 어떻게 자라는지,
보이지 않아서
그렇게 느껴지는 걸까.

달라진 아이의 모습만큼
달라진 아이의 생각도 알고 싶어서

엄마는 오늘도
질문을 시작한다.

○ 학부모가 된다는 것

아이가 학교에 가면
엄마도 학교에 간다.

아이가 학원에 다니면
엄마도 학원에 가게 된다.

아이가 수영을 하면
엄마도 수영장에 가게 된다.

아이가 줄넘기를 배우면
엄마도 줄넘기를 하게 된다.

그렇게 엄마의 행동반경은
아이가 배우는 것과 좋아하는 것으로 채워지게 된다.

때로는 내가 가고 싶은 곳과 하고 싶은 일들을
뒤로 미뤄야 하는 게 좀 아쉽기도 했지만,

때로는 아이 덕에 옛 추억이 떠오른다며,
어려지는 것 같다며 좋아하기도 했다.

그러면서 깨달은 건,
아이가 뭔가를 하길 원한다면

엄마도 그것을 해야 한다는
아주 원론적인 규칙이었다.

엄마가 책을 읽으면
아이도 책을 읽는다.

엄마가 일찍 자면
아이도 일찍 잔다.

엄마가 운동을 하면
아이도 운동을 한다.

그래서 요즘 나는 아이 덕분에
좀 더 건강한 삶을 살고 있다는 기분이 든다.

때론 부담스럽기도 하지만.

두려움에 떨며 시작했던 1학년도 어느덧 끝이 났다.
아이가 초등학교에 들어가면 그렇게들 많이 회사를 그만둔다면서?
엄마가 없으면 아이 학교생활이 어렵다면서?
이런 말을 들으며 시작했던 1학년은
남편과 친정어머니, 시부모님을 비롯한 여러 사람들의 도움으로,
그리고 학교생활에 그리 욕심을 두지 않았던 덕분에
평화롭게 마무리되었다.

아이는 친구를 사귀는 법과 다투면 화해하는 법,
화해가 안 되면 마음을 내려놓는 법들을
조금은 터득한 것처럼 보였고,
뭐랄까, 자기만의 세상을 만들기 시작한 건지
예전보다 호불호가 더 강해졌다.
그리고 옷 입는 것도 책 읽는 것도 밥 먹는 것도
심지어 씻는 것도 혼자 할 수 있게 되었다.

아이가 이렇게 자라난 만큼 나는 얼마나 성장했을까.
우리의 역할은 점점 육아에서 교육 쪽으로 넘어가는 듯했다.

부모에서 학부모가 되어가는 중이랄까.

무슨 일이든 그것의 어려움보다

그것을 바라보는 두려움이 늘 더 크다는 말이 있다.

학부모가 되는 일도 그렇지 않을까.

사교육과 입시 경쟁, 친구들 간의 다툼과 무리 짓기 등

여기저기서 들려오는 소식들은 우리를 꽤나 겁먹게 한다.

하지만 막상 닥쳐보니 생각보다는 괜찮았다.

아직까지는 회사를 그만두지 않은 채 두 가지를 같이 해내고 있다.

잘하고 있는지는 모르겠지만 못하면 좀 어떤가.

우리 모두 이렇게나 열심히 살아가고 있는데.

너를 만나고
엄마는
매일 자라고 있어

초판 1쇄 인쇄 2020년 6월 18일
초판 1쇄 발행 2020년 6월 24일

지은이 김진형 이현주
펴낸이 김선식

경영총괄 김은영
기획편집 조혜영 **크로스교정** 조세현 **책임마케터** 박지수
마케팅본부장 이주화
채널마케팅팀 최혜령, 권장규, 이고은, 박태준, 기명리
미디어홍보팀 정명찬, 최두영, 허지호, 김은지, 박재연, 배시영
저작권팀 한승빈, 이시은
경영관리본부 허대우, 하미선, 박상민, 김형준, 윤이경, 권송이, 김재경, 최완규, 이우철
외부스태프 **디자인** 형태와내용사이

펴낸곳 다산북스 **출판등록** 2005년 12월 23일 제313-2005-00277호
주소 경기도 파주시 회동길 357 3층
전화 02-704-1724 **팩스** 02-703-2219 **이메일** dasanbooks@dasanbooks.com
홈페이지 www.dasanbooks.com **블로그** blog.naver.com /dasan_books
종이 (주)한솔피앤에스 **인쇄** 민언프린텍 **제본** 정문바인텍 **후가공** 제이오엘엔피

ISBN 979-11-306-3029-8 (03810)